유쾌한
허무주의자

인지

유쾌한 허무주의자

1판 1쇄 인쇄 2024년 2월 10일
1판 1쇄 발행 2024년 2월 15일

발행처 도서출판 문장
발행인 이은숙

등록번호 제2015-000023호
등록일 1977년 10월 24일

서울시 강북구 덕릉로 14(수유동)
전화 02-929-9495
팩스 02-929-9496

ISBN 978-89-7507-095-2 03810

이 책은 2023년 한국예술인복지지원재단 하반기 창작 준비금
지원사업으로 제작되었습니다.

문장 시인선 016

유쾌한 허무주의자

강만수 시집

도서
출판 문장

시인의 말

왼쪽 무대 입구로 들어가는 시간은?
24시간 24분 24초
오른쪽 인생 무대로 나가는 시간은?
48시간 48분 48초?
그러다 내게 온 분별 없는
마음은 어디에서 지울 수 있을까?

2024년 2월
여산재에서 강만수

강만수 시인에게 김점선

April 112
2006.

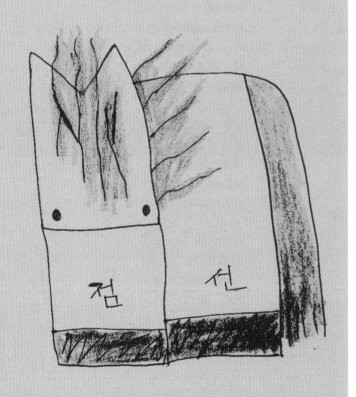

▶ 차례

시인의 말 … 5

1부

2부

3부

4 부

1부

生

2* 11111111은 0이다
3* 111111111은 0
4* 111111111은 0이다
5* 11111111은 0
6* 111111111은 0이다
7* 111111111은 0
8* 11111111은 0이다
9* 111111111은 0
10* 111111111은 0이다
그 어떤 수라고 해도
0이란 숫자에 수를 곱하게 되면
무조건 0이다 플러스는 없다
空이다 0이다 00000이다
生生生生生生生生
거듭 다시 태어난다고 해도
生은 그런 것 같다

예언자

K는 D는 ㅁ은 ㄱ은 ㅊ은 ㅎ은 L은 C는 T는 B는 H는
K는 시퍼런 사시미 칼 D는 축 늘어진 비늘 없는 오징어
ㅁ은 등이 푸른 고등어 ㄱ은 누군가 그어 놓은 가는 금
ㅊ은 모란꽃이 새겨진 꽃병 ㅎ은 이발소 구석에 걸린 액자
L은 골목길에 서 있는 장독 B는 도화지 속 황금색 자물쇠
T는 상클한 콧날 닮은 유월 c는 신발장 안 넣어둔 백구두
그러다 눈물은 반짝이는 눈물은 진주알을 닮은 것 같다고
목에 걸린 가시와 같은 그것들을 캐 캐 캐 캑 뱉어낸 뒤
그들을 불렀다 이 땅 위에서 K D ㅁ ㄱ ㅊ ㅎ L B T c는
살아있다며 죽지 않고 그것들 모두는 살아남을 것이라고

부끄러운 한낮에

저 찬란한 봄볕은 허리가 굽은 늙은이다
아니 덜컹거리며 지나가는 기차를 닮았다

접촉

신발도 신지 않고
맨발로 도로를 걷다

붉은 장미 한 송이 그 향기를 느꼈다면

오늘은 그저 그런 일로 인해

피곤하고 짜증이 치미는 날이었음에도

그 것이 영원으로 나갈 수 있는
황홀한 순간이 아니었을까

그런 생각에 행복했다

111213일에 말을 먹었다

11일 아침엔 말 1을 아침밥으로 먹었다
반찬은 말김치와 말계란 프라이였다
11일 점심엔 말 2를 점심밥으로 먹었다
반찬은 말두부와 말오이무침이었다
11일 저녁엔 말 3을 저녁밥으로 먹었다
반찬은 말호박조림과 말멸치였다
12일 아침엔 말 1을 아침밥으로 먹었다
반찬은 고등어구이와 열무김치였다
12일 점심엔 말 2를 점심밥으로 먹었다
반찬은 말토란탕과 갈치조림이었다
12일 저녁엔 말 3을 저녁밥으로 먹었다
반찬은 말오징어볶음과 말감자튀김이었다
13일 아침엔 말 1을 아침밥으로 먹었다
반찬은 말고사리와 말숙주나물이었다
13일 점심엔 말 2를 점심밥으로 먹었다
반찬은 말오뎅볶음과 말대구탕이었다
13일 저녁엔 말 3을 저녁밥으로 먹었다
반찬은 말참치탕과 말연어회를 먹었다
3일 동안 먹은 말반찬과 말밥이다
이렇게 늘어놓고 보니 인간은 오로지
밥을 먹기 위해 산다 사는 것만 같다
아니다 아니란 말을 강하게 뒤섞어
살기도 한다고 그렇게 말하고 싶지만
살아가는 행위가 그런 걸 어쩌겠는가
으음 이 순간까지도 으으으 으 음
생계엔 약할 수밖에 없다 약하지만
K는 지금까지 해왔던 것처럼 변함없이
말밥과 말반찬으로 차린 식탁 앞에 앉아
투명하게 빛나는 밥알을 씹어 삼킨다

하이퍼그라피아

요즘 몸값이 매우 뛰어올라서 금치라고 불리는 시금치
그 뿌리를 푸르게 날이 선 식칼을 들고 톡 톡 다듬었다
그런 뒤 다듬어지지 않는 내 안에 든 상상력을 끄집어내
콩나물 혹은 시금치처럼 대가리를 톡 톡 시금치를 톡 톡
삿된 생각 같은 콩나물 대가리를 떼어내다 금치를 다듬으며
톡 톡 톡 톡 톡 떼어내고 또 떼어내도 다시 또 튀어오르는
詩語들이 지워지지 않아 또 또 반복해 또다시 톡 톡 톡 톡
금치라고 불리는 시금치를 도마 위에 올려놓고 톡 톡 톡 톡
가슴에 깊은 통증처럼 박힌 상념들을 무심히 톡 톡 톡 톡 톡
다시 또 무언가를 나타내기 위해 자판을 톡 톡 톡 두드린다
두드릴 수밖에 없다 두드리게 된다 톡 톡 톡 톡 톡 두드린다
그러면 詩 시 詩 시 詩 시 詩 시 詩 詩들이 튀어나온다
주체할 수 없을 정도로 숨쉴 틈도 없이 마구 쏟아져 나온다

ㅇㄹㅇㄹ 憂鬱

우울 우울 憂鬱 우울 우울 우울 우울 憂鬱 우울 우울 우울 憂鬱
ㅇ ㄹ ㅇ ㄹ ㅇ ㄹ ㅇ ㄹ ㅇ ㄹ ㅇ ㄹ ㅇ ㄹ ㅇ ㄹ ㅇ ㄹ
깊게 아주 깊은 憂鬱감에 빠졌다 우울감이 아닌 우울한 江이다
어느 날 갑자기 우울감에 빠졌다 곶감인줄 알았더니 우울 江이다
우울감이 아닌 우울 江에서 어쩔줄 모르고 마구 허우적거렸다
그러다 어찌어찌 누군가 던져준 5미터짜리 밧줄을 잡고 나왔다
조울 躁鬱 조울 조울 躁鬱 조울 조울 조울 躁鬱 조울 조울증에
ㅈ ㅇ ㅈ ㅇ ㅈ ㅇ ㅈ ㅇ ㅈ ㅇ ㅈ ㅈ ㅇ ㅈ ㅇ ㅈ ㅇ ㅈ ㅇ ㅈ
조증이다 히죽 히죽 시간과 장소를 가리지 않고 조증이다 히죽
히죽 히죽 히죽거린다 정신상태가 爽快하다 매우 상쾌상쾌하다
비정상적이다 정상적이지 않다 흥분상태가 주욱 이어지고 있다
조울 늪에 빠졌다 늪에 빠져서 몸을 움직이게 되면 더욱 더 깊이
그 늪에 빠져들게 돼 몸을 제대로 움직이지도 못한 채 빠져든다
화급을 다투는 급한 시간에 누군가 5미터짜리 밧줄을 던져 줘서
그 줄을 잡고 간신히 늪에서 빠져나올 수 있었다 히죽 히 히죽
길을 걷다 마주친 우울감과 우울강 사이 우울증과 조증 뒤에서
무거운 감과 강을 건너서 상쾌한 조울감과 조증을 지나가려 한다
감과 강이 어딘지 우울감과 조증을 관계치 않고 앞을 향해 나간다

봄꽃 暴雨

누군가 수류탄을 대지에 투척하는 걸까

쾅 쾅 쾅 쾅 쾅 쾅 쾅 우르르르
쾅 쾅 쾅 쾅 기괴한 비명소리처럼 울어댄다

끝없이 울음폭탄을 던진다 던지고 있다

ㅋㅋㅋㅋㅋㅋㅋㅋㅋㅋ 우릉 우르릉
ㅋㅋㅋㅋㅋㅋ 쾅 쾅 쾅 쾅 쾅 쾅 쾅

캄캄한 밤길에 완도에서 강진 가는 길
그 길 위에서 지는 봄을 아쉬어 하는 걸까

봄비라고는 도저히 말할 수 없는 파괴력을 지닌
지난해 여름 태풍이 몰고 왔던 장맛비

그보다 더 무거운 습기를 머금은 빗속을 뚫고 길을 달린다
그러다 휘청 애마가 물폭탄 투척에 미끈덩

오른쪽 옆구리를 슬쩍 스치고 지나갔다

그럼에도 관계없이 구형 지프는 길 위에서 길을 잡아당겨
빠르게 길을 찾아간다 가로등 불빛 하나 없는 섬길을

꽃잎 시신이 마구 뒹구는 길 위를 달려간다
우리를 기다리는 파라다이스를 향해

녹두전*

어머니 살아 계실 때
한 달에 두세 번은 먹을 수 있었던
돌아가신 뒤부터는
엄니 손맛은 아니지만 아내가 가끔 해줬던
ㄱㅅㅎ 감칠맛이 그만인
아내 또한 세상 뜬 뒤엔
자주 먹었던 음식에서
이젠 전처럼 먹을 수 없게 된
오늘은 벗과 함께 광장시장을 오랜만에 들렀다
식당 아줌마에게 부탁해
접시 위 오등분 해 식탁 위 올려놓은
ㄱㅇㅂㅅ 속은 촉촉한 녹두전
젓가락으로 들어올리며
16년 전 어머니를 생각했다
다시 또 젓가락으로 집다가
2년 전 아내를 떠올렸다
언제나 곁에 계실 것 같았지만 안 계시는
항상 옆에 머물 것 같았지만 옆에 없는
겉은 바삭했지만 속은 늘 촉촉했던
여인 둘이 눈앞에서 아삼아삼해
막걸리 사발을 들이켜면서
먹지 않을 수 없었던 녹두전

*위 시는 성기덕 대표 어머니와 그 아내 이야기를 듣고 썼음을 밝힙니다.

달항아리(1)

무심한 듯 고개를 돌린
뒤태로 인해

마음자리 활활 활 활
거세게 타올라

모두 다 타버린 뒤 재가 되어서라도

가장 순결한 마음으로
오직 단 한 사람에게만은

속심이 변하지 않고
기억되길 바란다며

알몸으로 다가온 그녀

달항아리(2)

엄동설한에 폭포 앞에 선 것처럼
교교한 적막함 심중에 담아
챙그랑 챙챙 챙
일순간 무명을 허물어버린
화계사 풍경소리처럼
지극히 순결한 백색은
잡을 수 없는
바람을 머물게 한다
네 안에

귀와 귀 사이

귀와 귀 사이 눈이 있다
귀와 귀 사이 코가 있다
귀와 귀 사이 낀 눈에게
귀와 귀 사이 낀 코에게
눈과 코를 귀로부터 빼내와
압박감을 풀어주고 싶다
눈과 귀에게 무한한 자유를
허락할 순 없는 걸까
어느 날 갑자기
내 안에 그런 생각이
불쑥 들어왔기에 허락했다
모든 욕망에서
놓여날 수 있는 의지를

行露

새벽 이슬 참나무 잎 위에
은방울로 맺히면

햇귀에 번뜩이며
구슬이 또르륵 구른다

孤犢觸乳*

여자는 3거리에 서 있고 그 여자 옆에 여자가 서 있는데
여자와 여자 사이 샛노란 민들레가 여기저기 피어 있다
남자는 3거리에 서 있고 그 남자 옆에 남자가 서 있는데
여자와 여자 사이 무수히 핀 민들레에게 눈길도 주지 않고
3거리에 서 있는 그녀 옆에 선 여자를 무시하고 길을 간다
운명에는 그 어떤 방향을 가리켜주는 손이 있다고 하지만
3거리에 서 있는 사내 옆에 선 남자를 무시하고 길을 간다
여자는 3거리에서 그녀 옆에선 여자와 전혀 관계 없다는 듯
3거리 앞 신호등을 지나서 여자는 자신이 갈 길을 재촉한다
길가에 심어 놓은 산수유나무에 핀 꽃에게 눈길도 주지 않고
3거리 앞 신호등을 지나서 남자는 자신이 갈 길을 가고 있다
남자와 남자 사이 핀 산수유꽃을 쳐다보지도 않고 휙 지나쳐
여자와 남자 옆으로 80 중반쯤 되어 보이는 노인도 길을 간다
마누엘 데 파야가 작곡한 스페인 무곡 1번이 어디선가 울려퍼진다
젊은이들에게 뒤처지지 않고 걸어가려는 노인과는 전혀 관계없이

*孤犢觸乳: 어미 없는 송아지가 젖을 구한다는 뜻으로, 외로운 사람이
보살펴줄 사람을 구한다는 말.

헤테로토피아*

나는 이곳에 있다 집필실에서 223일 동안 자판을 두드린다
너는 그곳에 있다 너는 어둑신한 화실에서 붓을 날렵하게 놀린다

나는 나 자신과 화해하지 못한 채 이 곳에서 지나간 긴 시간을 쓴다
너 또한 자신을 용서하지 못한 상태로 화실에서 납득할 수 없는
색을 다룬다

나는 이곳에서 흘러가는 세상사에 미련이나 애착을 남기기 않고
끊어낸다
너도 그곳에서 세상일에 관심을 두지 않고 무관심으로 일관한다

하지만 나는 이곳 컴퓨터 앞에 앉아 코를 박고 죽을 생각은 없었다
너도 그곳에서 붓을 쥔 채 114일을 버티며 세상 등질 생각은 하지
않았다

10가지를 생각하면서 110가지를 사유하다 1111개 상징이 떠올랐고
22가지를 사유하면서 221가지를 예리한 칼날로 자르는

음음적막함에 휩싸여 2222222222 2222222222222222개와
3333333333333333333355555555555555555555667777777777
7로 뒤섞인

삶은 강한 의지력이라고 1111개를 정의하다 111111개를 떠올리면서
너는 10년 전 다녀온 비엔티안 시내를 110일간 작업실에서 그렸고

나는 221일 동안 자판 앞에 앉아 서사시를 썼으며

창문 밖 붉은 장미 무더기들을 흘깃 바라보다가 그 자리를 벗어났다고
나와 너 그들 무리도 전혀 이해하지 못한 으늑한 비밀의 화원에 눈길을 주며

지금 이 자리에서 삶을 끝낼 생각은 없다면서 새벽에 집필실을 나왔다
지나고 보니 그 무렵은 매우 침울했지만 그곳에서 보낸 격리된 시간은 나만의 낙원이었다

네 생각은 알 수 없지만

*유토피아는 현실세계에서는 존재하지 않는다. 그러나 미셸 푸코는 상상이 아닌 현실에서 존재하며, 그 역할을 수행하는 현실 속 공간이 헤테로토피아라고 그의 저서인 「말과 사물」에서 언급했다.

ㅅ ㅅ ㅅ ㅅ ㅅ

통도사 극락전 빗살무늬 분합문처럼 갈라진
새떼들 흩어짐을 강에서 봤다

ㅅ ㅅ ㅅ ㅅ ㅅ ㅅ ㅅ ㅅ ㅅ ㅅ ㅅ ㅅ ㅅ ㅅ
ㅅ ㅅ ㅅ ㅅ ㅅ ㅅ ㅅ ㅅ ㅅ ㅅ ㅅ ㅅ ㅅ ㅅ

바람보다 드세게 강을 차고 날아오르던
크르르르르 수많은 새 새 새 새 새 새 새 새

ㅅ ㅅ ㅅ ㅅ ㅅ ㅅ ㅅ ㅅ ㅅ ㅅ ㅅ ㅅ ㅅ ㅅ
ㅅ ㅅ ㅅ ㅅ ㅅ ㅅ ㅅ ㅅ ㅅ ㅅ ㅅ ㅅ ㅅ ㅅ

날개를 파닥이던 새 새 새 새 새 새 새

ㅅ ㅅ ㅅ ㅅ ㅅ ㅅ ㅅ ㅅ ㅅ ㅅ ㅅ ㅅ ㅅ ㅅ
ㅅ ㅅ ㅅ ㅅ ㅅ ㅅ ㅅ ㅅ ㅅ ㅅ ㅅ ㅅ ㅅ ㅅ

새떼들 움직인다

아가리 파이터

안주 몇 개와 캔맥주 5개를 계단 앞에 내려놓은 뒤
옆에 앉은 박 씨와 누군가를 도마 위에 올려놓고 험담 중이다

길바닥에 주저앉아 링 위에 오른 복서의 잽처럼
아가리를 쉴 틈 없이 츕 츕 침을 튀기며 츕 츕 츕 날리게 되면

그 끝에는 결코 끝이 날 것 같지 않은
잡담이 아닌 누군가에게 선방을 날렸다는 살벌한 이야기로 이어져

한없이 털어놓은 이런저런 일들이 숱한 썰을 낳고는 해
비닐 봉다리엔 손으로 찢어 놓은 노가리만 수북하다

드러내놓고 표현하기 힘든 폼이 잡히지 않는 험한 삶으로 인해
박 씨가 쭉 쭉 찢은 어린 명태 몸뚱이가 처참하다고 느꼈다

그 눈알이 퀭하게 노가다 술꾼을 바라보는 모습에서
가을 바람이 처량하다고 노가리 눈빛 또한 쓸쓸하다고

그럴 땐 현장 가까이 있는 김 씨 혹은 정 씨를 불러서
소주 아니 막걸리를 비롯한 술을 뒤섞어 거푸 마셔야만 할 것
같다고
바람이 둘의 바람을 아는 걸까 친구 둘에게 연락을 하게 한다

징검다리

살아가는 행위는
물 위에 여러 개 돌을 띄엄띄엄 놓은
징검돌을 밟는 일이다
앞에 놓인 돌을 향해 건너뛰려다
삐끗하게 되면
물 아래로 나동그라져
발목과 무릎 허벅지가 빠져드는
삶은 저 돌을 밟는 일과 흡사하다

곡마단 코끼리

코끼리는 어린 시절
사슬이 묶인 쇠말뚝을 뽑지 못했다
다시 또 시도해보지 않고
여전히 사슬에 발목이 묶인 채
말뚝을 빙빙 돈다 그저 돌고 있다
한 번 더 힘껏 당길 순 없는 걸까
포기하지 않고 끝없이
도전하는 삶에 대해 생각한다

氷壁

그가 둘러친 거대한 벽으로 인해
누구도 그 안으로 들어설 수가 없다

강렬한 빛은 어디에 있는 걸까

별나라 거울 공주

네가 발을 딛고 서 있는 곳에선 물고기자리가 보이지 않는다
천공에 무수히 떠 있던 그 별들은 어디로 사라진 걸까

어느 날 반짝이는 별이 자취를 감춘 자리에서 염소자리를 찾았다
하지만 너와 내가 찾아 나선 별은 흔적을 남기지 않은 까닭에

이곳저곳 천지사방에 대형현수막을 설치하면서까지 밤하늘
사자자리를 찾겠다고
별을 찾을 수 있게끔 도와주시는 분께는 후하게 사례하겠다면서

하늘에서 자취를 감춘 셀 수도 없을만큼 많았던 별들에 관해 물었다
그러나 그 무리들에 관해 알고 계신 분들이 전혀 없는 것인지

사라진 별자리에 대한 그 어떤 정보도 제공하는 사람들이 없었다
그곳에서 자라던 풀뿌리를 비롯한 수십 수백 그루 나무와

둥근 우물과 사각형으로 파 놓은 깊은 우물까지도 말라붙었고
전나무와 소나무를 비롯한 벚나무와 은행나무 등도 죽어
자빠졌으며

벽에 걸어놓은 커다란 거울만 멀쩡하게 살아남아서 사물들을
비추기에
거울에게 물어봐야 할 것 같다 오각형 거울은 밤낮으로 이 자리를
지키면서

빛을 잃은 별자리들을 바라봤을 것이고
여러 풀꽃과 소나무와 왕벚나무가 사라지는 걸 목도했을 것이기에
급히 별나라 거울 공주에게 묻지 않을 수 없었다

거울아 거울아 거울아 주문을 외우듯이 거울 앞에 서서 거울을 불렀다
그러나 주문을 걸어도 신통력이 약한 걸까 공주님 공주님 애타게 불러도

너와 내 모습만을 실시간으로 비추며 거울은 말을 듣는 건지 아닌지
통 대답을 하지 않고 묵묵부답이랄까 대꾸를 전혀하지 않고 있다

대답 없는 거울을 향해 욕이라도 퍼부어야 할까 답답한 마음 지울 수 없다
오늘도 전단지를 돌리다 말고 다시 또 거울 앞에 서서 거울 속 공주님을 부른다

저 거울이 답을 할 때까지 거울을 부를 것인가 거울아 거울아 청동거울아
아님 처녀자리와 천칭자리 혹은 그보다 더 장대한 우주를 향해 거침없이 날고 있는

눈부신 빛을 감춘 별자리를 찾기 위해 우주선에 올라 먼 곳으로 직접 비행을 해야만 할까

연꽃과 개구리

백련 가득 핀 연잎 사이
개구리 몇 마리 둥근 잎 위에 올랐다

연못 속으로 퐁당퐁당 뛰어들고
태양이 정수리 위 쏟아질 때

어디선가 들리는 종소리 쨍그라랑 쨍 쨍 쨍
네 귀에 들어와 천천히 스며들기에

세존께서 부르시는 소리인가 했다

2

유쾌한 허무주의자 (1)

머리카락을 잘라내면서 머리카락에 대해 웅얼거리며
머리가 그동안 길게 자란 것도 전혀 의식하지 못한 채
검은 머리를 길렀던 건지 그 이유에 대해선 까맣게 잊고
그냥 그저 흐흐 흐 흐 흐 머리를 깎지 않고서 길렀다며
이발소 대형 거울 앞에 앉아 이발사에게 천천히 말했다
머리가 참 많이 길어서 이발소에 들어오실 때 여자분이
왜 남자 이발소에 들어오는 건지 의아하게 생각했다고
잠깐 그런 생각을 했다면서 늙수그레한 이발사는 말했다
남자가 아닌 여자라 해도 참 예쁜 여자라는 느낌이 들어
머리카락을 자르지 않고 길게 길러도 넘 잘 어울린다고
가위를 들고 머리카락을 자르려다 한참을 망설였다면서
이발사는 이런저런 이야기들을 주저리주저리 늘어놨다
머리카락은 머리카락이다 긴 머리카락도 머리일 뿐이다
그런 까닭에 머리카락은 잘라져야 한다 삭둑삭둑 사삭둑
일순간도 망설임 없이 머리카락을 잘랐더니 망상도 싹둑이다

유쾌한 허무주의자 (2)

누군가 누군가 누군가 누군가 누군가 누군가 누군가 누군가
누군가 누군가 누군가 누군가 누군가 누군가 누군가 누군가
누군가에게 들었던 오늘이 그 누군가 누군가 누군가 날인데
누군가 날에 누군가가 올 것이라고 생각했지만 오지 않았다
누군가 누군가 누군가 누군가 누군가 누군가 누군가 누군가
누군가 누군가 누군가 누군가 누군가 누군가 누군가 누군가
누군가에 빙 빙 둘러싸인 누군가는 누군가가 정말로 누군지
누군가는 모르는 걸까 누군가 누군가 누군가에 대해 누군가
누군가는 자신이 누군가로 지목된 누군가인지 누군가 누군가
누군가에 관해 골똘히 생각해 봤지만 누군가 누군가 누군가
누군가에 대해 누군가가 누군지 100 200 300번을 불러대도
대답이 전혀 없는 누군가를 다시 또 부르지만 누군가 누군가
누군가가 누구인지 짐작조차 할 수 없어 101 201 301번째
누군가를 누군가가 누구인지 누군가 누군가 누군가를 부른다
불렀다 부른다 누군가 302 202 102번 부르다가 말 누군가를
오늘도 누군가는 누군가가 누군인지를 늘 부르다 말게 된다

유쾌한 허무주의자 (3)

잇다 이어지다 있다 있었다 없다 없어지다 없다 없었다
없었다 없다 없어지다 없다 있었다 있다 이어지다 잇다
타이어가 있다 또르르 구르는 타이어 하나 둘 셋 넷 다섯
다섯 넷 셋 둘 하나 타이어 또르르 구른다 타이어는 있다
잇다는 이어지다 사이에 있다 있었다고 생각을 하게 된다
없다는 없어졌다 사이에 없다 없었다고 생각을 하게 된다
잇다를 이어지는 이미지로 이어서 잇다는 이어지게 된다
없다는 없어지는 이미지로 이어서 없다로 이어지게 된다
잇다는 이미지를 불러올 수 없을 때 제 스스로 지워진다
없다는 이미지를 불러올 수 없을 때 제 스스로 사라진다
너는 잇다로 말하며 누군가와 이어지고 있다는 사실에서
너는 없다로 말하며 누군가와 단절되고 있다는 사실에서
잇다 만큼도 아니고 없다 만큼은 아니지만 진행 중이라고
잇다와 없다는 오고가는 길이라고 고개를 끄덕이고 있다
그러다 너는 잇다 이어지다와 없다를 한 문장으로 줄였다
문장만으로는 말할 수 없다고 잇다와 없다에 대해 말했다

유쾌한 허무주의자 (4)

음울했다 우울과 조급함 새 눈이 내린다
조급함과 우울함 뒤 비가 내린다
ㅂ ㅂ ㅂ ㅂ ㅂ ㅂ 비다
비가 내린다 저 빛깔은 무슨 색인지
눈이 내린다 저 색은 무슨 빛깔인지
雨보다 ㅂ ㅂ ㅂ가 먼저와
비를 밀어내며 雨 雨 雨 雨 雨 雨에 대한
시를 쓰다 보니 창밖으로 눈이 운다
雪 雪 雪 雪 雪 雪 雪 雪雪 내린다
일에 몰두하다 보니 창밖에서 비가 운다
雨 雨 雨 雨 雨 雨 雨 雨 雨 雨 雨
음울함이나 조급함과 관계없이 눈과 비가
조급함이나 우울함과 관계없이 비와 눈이 내린다
雨雪 雨雪 雨雪 雨雪 雨雪 雨雪
눈과 비가 뒤섞여 내리는 진눈깨비다
바깥은 눈과 비의 구분도 없는
悲哀 悲哀 悲哀 悲哀 悲哀다
박쥐와 같은 인간들이 마구 설치는
요즘 세상을 닮은 것 같다

유쾌한 허무주의자 (5)

슬픔은 슬픔이 올 때는 100배 더 슬프게
기쁨은 기쁨이 올 때는 100배 더 기쁘게 다가온다
슬픔은 슬픔이 네게 다가올 때는 100에서 100을 빼고
슬픔을 슬픈 시간들을 0으로 만든 뒤 옆으로 오라고 한다
기쁨은 기쁨이 네게 다가올 때는 100에서 100을 더해
기쁨은 기쁜 시간들을 과감하게 더한 뒤 바로 오라고
슬픔을 밀어낼 때는 오래된 친구를 그리워했고
기쁨을 받아들일 땐 어린시절 벗에게 전화를 걸었다
그와 함께 할 수 있다면 슬픔도 슬프지 않았고
어느 순간 기쁨은 배가 된 환희로 다가왔다

유쾌한 허무주의자 (6)

길을 걷다 길거리에서 입을 벌렸더니
1시에서 2시 사이에
입안에서 어금니와 송곳니가 빠져나오고
삼거리에서 머리를 쓰다듬었더니
2시에서 3시 사이에
검정 머리카락이 빠져나왔다
목걸이에서 진주알이 툭 뛰어나간 것처럼
어금니와 송곳니는 어디로 가버린 건지
두피에서 빠져나온 머리카락은
어느 곳으로 사라진 걸까
1시에서 3시 사이에
어금니와 송곳니를 떠나보낸 후
다시 머리카락 한 움큼을 땅바닥에 흩뿌린 뒤
정리하지 못한 채 지상에 머물렀던
낮고 얼룩진 시간들을
3시에서 4시 5시에서 6시 사이에
수세미를 손에 쥔 채 박박 박 문지르다 보면
염천교 앞에 서 있는 남자가 보인다
이런저런 온갖 유희를 끝낸 것 같은
2019년 2월에서 2023년 5월까지
머리를 몇 년 동안 자르지 않았다는
길게 길러서 어깨까지 흘러내린
음울하며 퀭한 눈빛과 역한 냄새로 인해
그날 6시에서 7시를 지나 8시 무렵에
젊은 사람이 왜 저런 걸까 하면서
그 사내 옆을 무심히 지나쳐 왔다

유쾌한 허무주의자 (7)

지난 겨울 입고 버린 속옷. 뚜껑이 열린 패트병 11개. 고등어와 오징어. 퉁퉁 불어 터진 라면발. 목차가 부욱 찢겨진 소설책. 까악 깍깍 까마귀. 눈 1이 지나간 뒤 눈 2가 왔고 눈 3이 지나간 뒤 눈 4가 음 다가왔다. 그러다 림스키 코르샤코프가 떠올랐고. 디자이너 코코 샤넬과 뒤엉켜서. 몇 몇 무대 연출가들과 먹고 마셨던 맥주. 러시아 작곡가가 다가왔는데. 눈 5가 지나간 뒤 눈 6이 왔고 눈 7이 지나간 뒤 눈 8과 9가 다가왔다. 헛것을 본 걸까. 컨디션이 좋지 않아. 이런저런 온갖 일들이 재미없어서. 헛발질처럼 실속 없다는 느낌에. 살아남기 위해 천 일 동안이나 썰을 푼. 여자가 식당에서 고기를 먹을 때. 가죽을 씹는 것 같아. 그도 무엇인가를. 그리려고 할 때 눈 10이 다가왔고 눈 11이 지나간 뒤 눈 12와 13이 왔다. 연희동과 가리봉동. 흑석동과 면목동 성북동을 헤매다. 이젠 정말 끝이라고. 검정 구두를 신었다. 흰 구두로 바꿔 신은 뒤 벗었다. 음 세헤라자데라면서. 그러자 눈 14가 느리게 걸어왔고 눈알 15가 지나간 뒤 눈 16이 다가왔다. 애완견 3마리를 끌어안고. 동물원에 들러 얼룩말 2마리를 봤고. 여름이 왔다. 가을로 들어서게 될 즈음 눈 17이 다가왔고 눈 18이 지나간 뒤 눈 19가 왔다. 종이비행기 5개를 날렸다. 가발을 벗었다 다시 뒤집어썼다. 알다가도 모를 일로 일이 풀리지 않고 헤맬 때 눈 20이 왔고 눈 21이 지나간 뒤 눈 22가 앞에 섰다. 그후 겨울부터 현재까지. 국립극장 무대 위에 선 것 같아. 계속 버벅거리고 있다.

유쾌한 허무주의자 (8)

가치 있는 언어와
여러 빛깔을 띤 경험 앞에서
사방을 휘 휘 휘 휘 휘 휘 휘 둘러보다
녹슨 못에 찔린 것 같은
구불구불한 통증으로 인해
모든 현상은 단번에 끝나지 않을 고통이라고 새겼다
오후에 긴 그림자가
가깝고도 먼 시간들을 펼쳐놓을 때
백색과 검정색을 지나 갈색처럼
너도 모르고 그도 현실을 모른다고
싱겁게 내뱉으며
오리엔트 카페 앞에서 무덤덤하게 건들거리며
지나간 하루와 다가올 며칠 사이
과거와 미래를 낭비한 느낌에
기분이 더럽다는 생각이 전혀 들지 않게끔
빨강색과 노랑색 파랑색 뒤
초록색 화분 안에서 투덜투덜거리며
이름을 밝히지 않은 누군가에게
갑자기 선두자리를 내주게 됐다
그러다 그늘로 훅 밀려났다고 해도
언젠가 요코하마요코하마요코하마가 아닌
미얀마 대불 앞에서 절을 올렸던 것처럼
분노를 드러내지 말고 가라앉히자
최고의 시간은 평정심에서 귀한 의미로
곧 다가올 것이라 믿기에

유쾌한 허무주의자 (9)

길가에 내던진 도마. 씹다가 퉤 뱉은 풍선껌.
그 순간 얼룩말 1마리 2마리 3마리가 지나간다
미개한 생각을 닮은. 끝없는 긴 중얼거림처럼.
그 순간 쌍봉낙타 1마리 2마리 3마리가 지나간다
귀 기울여 듣지 않고. 삶을 끝낸 사내 뒷모습과.
그 순간 들소 1마리 2마리 3마리가 지나간다
사건과 잡다한 글 사이. 몇 마리 참새가 날았다.
그 순간 악어 1마리 2마리 3마리가 지나간다
무언가를 뛰어넘으려다. 훌쩍 넘지도 못한 채.
그 순간 들개 1마리 2마리 3마리가 지나간다
식칼을 닮은 젊은 시인과. 늙은 노동자의 비루함 뒤.
그 순간 기린 1마리 2마리 3마리가 지나간다
달달한 생크림과. 중얼거림 새. 날이 빠진 대패처럼.
그 순간 하마 1마리 2마리 3마리가 지나간다
냉혹하다 음울한 기운으로. 불가항력이라고 말했다.
그 순간 표범 1마리 2마리 3마리가 지나간다
애정결핍증으로 인해. 끊어지는 대화는 늘 그렇다.
지나간다 얼룩말과 쌍봉낙타 들소 악어 들개 등 등 등

유쾌한 허무주의자 (10)

대구 중심가에서 金 氏는 쫓겨나
울산 중심가에서 朴 氏도 쫓겨나 변두리로 나갔다
경주 중심가에서 李 氏는 쫓겨나
광주 중심가에서 羅 氏도 쫓겨나 고향으로 돌아갔다
전주 중심가에서 孫 氏는 쫓겨나
익산 중심가에서 鄭 氏도 쫓겨나 변두리로 나갔다
마산 중심가에서 崔 氏는 쫓겨나
김해 중심가에서 閔 氏도 쫓겨나 누님이 계신 곳으로 갔다
강릉 중심가에서 裵 氏는 쫓겨나 낙향했다
20여 년을 2년 혹은 3년 단위로 늘 옮겨 다녔다
이삿짐을 풀었다가 다시 쌌다 그런 뒤 다시 쌌다
어느 순간부터 그들은 짐을 옮긴 뒤 풀지 않았다
꼭 필요한 살림살이 외에는 풀지 않고 기다렸다
중심가에서 변두리 변두리에서 더 후미진 곳으로
그렇게 시간이 흘렀다 그러다 보니 나이만 들었고
이젠 더 쫓겨나지 않아도 될 곳을 찾아 짐을 꾸렸다
그곳엔 많은 사람들이 있었다 그들은 짐을 싸고 있었다
그곳에서도 정착하지 못한 채 어딘가로 이사를 한다고
왜 그들은 그렇게 된 걸까 하지만 부끄럽진 않다고 했다
金 朴 李 羅 孫 鄭 崔 閔 裵 氏를 바라보다 음 으으 음
부끄러울 일 없는 그들 삶 앞에서 바라만 봐도 되는 건지
침묵하기로 했다 그 무엇도 도울 처지가 아닌 연유로

유쾌한 허무주의자 (11)

붉은 벽돌 담벼락에 꽂히는 빗줄기를 향해
침대에서 일어나지도 않고 혼잣말로
비와 일정한 거리를 둔 상태에서
빗소리에 흠뻑 젖어 들어서 즐거웠다
그 시간 라흐마니노프의 보칼리제를 듣다 보니
나 자신이 물방울인지 다닥다다닥 다닥
저기 저 바다에 내리는 빗소리가 된 것처럼
별다른 느낌도 없이 해변으로 마구 달려나가
히죽 히죽 히히죽 바다에 텀벙 뛰어들 것처럼
그리운 추억을 불러낼 수 있어 좋았다

유쾌한 허무주의자 (12)

가슴이 뻥 뚫린 것 같은 오전 10시다
가슴이 꽉 막힌 것 같은 밤 11시다
오전 10시는 흐느적거리지 않고 경쾌하다
하지만 밤 11시는 매우 흐느끼면서 다가온다
가슴이 뻥 뚫린 것 같은 오전 9시다
가슴이 꽉 막힌 것 같은 밤 10시다
오전 9시엔 파란 하늘 아래 까불고 싶다
밤 10시엔 하늘에 뜬 물병자리를 바라보며 길을 걷고 싶다
그러면서 오전 10시는 그곳에 없었다
밤 11시도 그 장소에 없었다
뻥 뚫린 가슴과 꽉 막힌 답답한 가슴
그 사이에서 얼굴을 손바닥으로 문지르며
초록색 점퍼를 입고 오전 9시엔 까불고 싶다던
노란색 점퍼를 입고 밤 10시엔 길을 걷고 싶다는
오전 10시와 밤 11시란 시간 앞에서
오후 9시와 밤 10시란 시간을 흘려보낸 뒤
오전 9시엔 파란 하늘 아래 까불고 싶다던 여자와
밤 11시엔 어두운 밤길을 혼자 걷겠다던 남자는
오후 9시와 밤 11시 사이 길거리에 멈춰서서
밤하늘 빛나는 양자리와 사수자리 뒤
자신이 진정 무엇을 원하는지도 모른 채
무기력한 편안함에 안주해 이건 무얼까
덜 익은 사유로 고개를 주억거리며
알 수 없는 기호와 도심 간판 앞에 서 있다

유쾌한 허무주의자 (13)

넝쿨장미 무더기로 핀 모습들
갑자기 오래전 그 꽃이 머릿속에 떠올라
봄바람 일렁이는 소리에
10년 전 으음 100년 전 핀 장미가 보고 싶어져
이미 활짝 피었다 떨어진
그 꽃이 가슴속에 파문을 일으켜
꽃잎 지는 소리에 귀를 닫은 채
20년 핀 으음 200년 전 핀 장미가 보고 싶어서
바람이 심술을 부리는 걸 개의치 않고
30년 전 앞마당에 핀
300년 전 고혹적인 모습으로 나타난
검붉은 꽃잎이 손짓하는 울타리를 향해
앞문을 밀고 마당으로 천천히 걸어나가
바람에 귀를 기울이다 보니
으 음 으음 10년 전 20년 전 으음 30여 년 전
그 소리는 100년 전 200년 전 300년 전
자신을 봐 달라며 콧소리를 내던 장미였다
왜 이제야 자신들을 다시 찾은 거냐며
투정을 부리는 미녀군단 앞에서
생뚱스런 표정으로 미안하다고 말했다
늦봄에 빛과 향기를 잃어 존재 가치를 잃은
너희들을 외면할 수밖에 없었던
10년 20년 30년 으음 100년 200년 300년 전
이 세상에 와 1000년을 살면서도
어쩔 수 없어 보낼 수밖에 없었던
내 안타까운 마음을
꽃들은 짐작이라도 할 수 있었을까

유쾌한 허무주의자 (14)

끝없는 추락을 멈추기 위해
이런저런 이유 없이
그 어떤 행위들을
어느 날 무조건 받아들였다
모든 것들이 사라질까
두려운 마음에

유쾌한 허무주의자 (15)

태국 수도인 방콕에서
지나가는 여자를 향해 무언가를 말하고 싶었지만

전직 피아니스트인 그는
악보가 머릿속에서 둥둥 떠다니는 까닭에
아무런 말도 하지 못한 채

기름에 튀긴 만두와 통닭을 사 먹는 사내를 향해
그냥 실없이 웃었던 것 같다

그 순간은 그래야만 할 것 같았다
가끔은 현재 상황을 그대로 받아들이려고 했다

하지만 어느 골목길에서
그건 아니라고 부정하면서 고개를 돌리기도 했다

길가에 핀 노란 꽃잎과 빨간 꽃잎들이
강렬한 태양 빛에 바스라질 것 같은 날이었다

담장 사이로 11마리 쥐가 지나갔고
눈에서 푸른 빛을 발하는 고양이 5마리는 주변에서 서성인다

계단 앞에 웅크리고 앉아 있다
어디선가 누가 웃는 소리인지 아님 흐느껴 우는 소리인지

웃음과 울음이 뒤섞인 소리를 들었다고 생각한 순간

주택가 앞 계단을 올라갔다 계단을 천천히 내려가는
종아리가 날씬한 젊은 여자 또각이는 구두 소리를 들었다

선글라스를 쓴 채 사진을 찍는 사내 옆에서
이런저런 소리들이 음울하게 내 귀에 꽂혔다

그 울음과 웃음소리들은 외롭지 않다고
오직 은밀한 감흥만으로 받아들였던 시간이었다

유쾌한 허무주의자 (16)

숫돌에 새파랗게 벼려진 칼날엔 폭우가 241시간씩 마구 쏟아져 내려도
씻겨 내려갈 것 같지 않고 성둥 베어질 것 같지도 않은 열린 하늘이 있다

그 뒤에는 누군가 선택했지만 측정할 수 없는 공간이 있는 걸까
새파란 그 하늘 뒤 서 있는 유리창에 11111111로 박히는 햇살처럼

문 앞에서 서성이며 안으로 들어오지 못하는
그냥 칭얼거리며 보채기만 하던 3333333333333333 천지인 뒤에서

어린 새순을 닮은 무언가를 장롱 속에 든 작은 거울을 통해 봤지만
맑고 선명하지 않았으며 뿌우옇고 흐릿한 세계 앞에서

느닷없이 하늘 구멍 속 깊은 곳까지 후루룩 언젠가 먹었던 뜨거운 장칼국수처럼
네 안으로 후루룩 푹 날이 선 검에 찔린 것처럼 가슴속에 들어온 강한 아픔이랄까

무언가를 묻지도 따지지도 않고 생각이란 게 전혀 없는 것처럼 성장하는 미루나무 옆에서
네 눈 안에 들어오기만 하면 이내 사라지곤 하던 난 몰라 나는 아는 것이 없다던

??????? 너와 나를 일순간 가두기만 하던 물음표 뒤 ???????
물음표 앞에 서고 싶다며
　　?????????? 물음표를 불러내 물음표에 그 무엇도 묻지도
따지지도 않고 물음표를 보낸 뒤

　　!!!!!!!!!!!! 느낌표를 불렀다 이 느낌은 무엇일까 궁금했던 까닭에
!!!!!!!!! 느낌표를 불렀지만
　　느낌표는 자신도 !!!!!!!!!!!! 이 느낌이 무언지 !!!!!!!!!! 이런 느낌
처음이라며 모르겠다고 한다

　　그런 까닭에 비가 내릴 때나 햇빛이 대지에 내리꽂힐 때면 이건
무엇이지 하면서 물음표를
　　????? 마구 불러내 아니 무한정으로 불러내 !!!!!!!!!! 느낌표와
함께 감흥을 공유하기로 한다

　　확실하게 정의 내릴 수 없는 ??????? 물음표와 !!!!!!!!!!!! 느낌을
알 수 없는 느낌표 앞에서

유쾌한 허무주의자 (17)

서랍 속에서 끄집어내
바짝 마른 동백을
찬찬히 들여다본다
지나간 3월은
피보다 더 더 붉었다

유쾌한 허무주의자 (18)

말을 하고 싶지 않다 그 어떤 말이라고 해도
황홀한 순간이 다가온다고 해도

말을 건네고 싶지 않다

마주 보고 말을 하고 싶지 않은데 누군가에게 말을 해야만 한다면
커튼을 내린 창문 뒤에서

낮은 목소리로 말하고 싶다

작업을 위해 꼭 필요한 말만을 하려고 한다
아니다 그런 말조차도 줄이고

아무도 밟지 않은 땅에서

말하고 싶지 않지만 생존을 위해 말을 하지 않을 수 없을 땐
소통을 위한 최소한의 말만을 한다

말하고 싶지 않았지만 오늘도 말을 해야만 한다
어제는 누군가와 단 한마디 말도 섞지 않아서 좋았다

나만의 창고에 온갖 언어를 채울 수 있는 시간이었음에

유쾌한 허무주의자 (19)

폭우가 앞이 보이지 않을 정도로 쏟아져 내리는 월요일이다
빨강 장화를 신고 전철에 올라 종로에 나가 李 氏를 만났다
폭우가 앞이 보이지 않을 정도로 쏟아져 내리는 화요일이다
주황 장화를 신고 버스에 올라 종묘에 나가 金 氏를 만났다
폭우가 앞이 보이지 않을 정도로 쏟아져 내리는 수요일이다
노랑 장화를 신고 전철에 올라 선원에 나가 鄭 氏를 만났다
폭우가 앞이 보이지 않을 정도로 쏟아져 내리는 목요일이다
초록 장화를 신고 버스에 올라 극장으로 가 朴 氏를 만났다
폭우가 앞이 보이지 않을 정도로 쏟아져 내리는 금요일이다
파랑 장화를 신고 전철에 올라 정원에 나가 吳 氏를 만났다
폭우가 앞이 보이지 않을 정도로 쏟아져 내리는 토요일이다
남색 장화를 신고 버스에 올라 농장에 나가 高 氏를 만났다
폭우가 앞이 보이지 않을 정도로 쏟아져 내리는 일요일이다
보라색 장화를 신고 버스에 올라 화실로 가 閔 氏를 만났다
비가 내린다 일주일 내내 비가 내린다 여전히 그치지 않고
장맛비가 내린다 비는 내린다 내리고 있다 그칠 줄 모른다
쨍한 날을 불러내 비가 우는 울음소리를 아가 뚝 이제 그만
월 화 수 목 금 토 일에 만난 비에게 울음을 그치라고 달랬다

유쾌한 허무주의자 (20)

흰 벽에 사물을 마구 그리다
네가 몰랐던 벽 뒤에 쌓은 견고한 벽을 무너뜨리고 싶었다

새카만 밤에만 드러난 그 무엇일까
알 수 없는 무언가를 정신없이 흩트려놨던 것처럼

낮에는 흰 벽에 마구 그려놓은
그림 같지 않은 지저분하게 색칠한 오방색들을

종일토록 밤시간이 너를 쓰러뜨릴 때까지 벽을 쏘아보다
어떤 행위도 하고 싶지 않아

벽은 그냥 백색 벽이게끔
순백으로 놔둬야만 하겠다고 그림자처럼 뒤로 물러서서

화실 문을 슬며시 열고 나와 계단을 내려왔다

유쾌한 허무주의자 (21)

너와 내가 아닌 우리들 모두는
먼 허공에 한없이 펼쳐진 자유를 향해
평소 말하려는 방식대로
단호하게 의지를 드러냈다고 말했다
견딜 수 없는 순간이 다가온다고 해도
그 어떤 말도 하지 않을 권리를 위해
무언가 네 안에서 익어 떨어질 때까지
격한 기쁨도 다가오지 않았고
깊은 슬픔도 네게 오지 않았지만
카탈루냐 지방 민요인 새의 노래에 빠져
연노랑 귤껍질을 천천히 벗겨 먹으며
풀리지 않는 지상의 비밀을 향해 묵상한다

유쾌한 허무주의자 (22)

김 씨 담 앞에 선다 죽은 원숭이를 밟은 기분이다
노 씨 담 앞에 선다 죽은 비둘기를
문 씨 문 앞에 선다 죽은 쥐새끼를 밟은 기분이다
이 씨 문 앞에 선다 죽은 지렁이를

움직일 일이 없는 명이 다한 것들이 마구 꿈틀거린다
이미 고꾸라진 것들은 살아서 기어 다닐 일이 전혀 없건만
원숭이와 지렁이 비둘기와 쥐새끼가 꼼지락거린다

왼손으로 왼쪽 귀를 잡았다 오른손으로 오른쪽 귀도
번갈아 내 귀를 잡아당기며 기어다니는 것들이
살아 꿈틀거렸다고 순간 생각했고 이내 받아들였음에

김 씨는 담 안으로 들어와 정원에서 원숭이를 떠올렸다
노 씨는 담 안으로 들어와 정원에서 닭둘기를
문 씨는 문 안으로 들어와 마당에서 쥐새끼를 생각했다
이 씨는 문 안으로 들어와 마당에서 지렁이를

원숭이와 지렁이 닭둘기와 쥐새끼는 어디로 간 것일까
옴직옴직거렸다고 느낀 그 순간들을 기록하기 위해서
방 안으로 들어와 자판을 두드린다 담장 안으로 들어와
문 안으로 들어선 그 터무니 없는 시간을 밖으로 내치지 못한
비열한 기억들을 빠짐없이 기록한다

유쾌한 허무주의자 (23)

사람들은 그 자리에 한순간에 멈췄다 무슨 이유인지는 모르겠지만

길가 편의점 앞 의자에 앉아 오렌지주스라도 마시려고 하는 건지

포만감을 느낄 수 없는 주전부리 등을 씹어대면서 떠들고 있다

그 자리에 선 채 움직이지 않고 멈췄다 언제 다시 일어서서
A도 D도 L도 걷고 이방인인 그도 그렇게 걸어서라도 지나가게 될까

여전히 사람들은 멈춰서 있건만 무리를 헤쳐모여 시키지도 못한 채
하늘을 날던 송골매가 갑자기 떨어지기라도 할 것처럼

누군가는 그들에게 시선을 고정한 채
무엇이든 그 누구든지 거리를 지나갈 수 있다고 되뇐다

과거에서 현재를 지나 미래로 가게 될 것이라고 말했다
가렵다고 등과 다리를 긁으면서 언덕을 넘어오는 늙은이도 보인다

길거리에 주저앉아 있는 이들을 보게 되면 스텝이 꼬였다는 생각이
들기도 한다
그러다 삶이 꼬인 건 아닌지 저들이 안쓰럽다는 생각이 순간 들었다

3부

은행잎 함수

카페 태양은 다시 떠오른다에서 뜨거운 커피를 마시며
창밖을 바라보니 노란 은행잎들이 하나 둘 셋 넷 다섯 떨어진다
은행잎을 밟고서 할매 1이 지나간다 할매 2도 지나간다
할매 3도 할매 4 할매 5 할매 6 할매 7 할매 8이 걸어간다

은행잎을 밟고서 할배 1이 지나간다 할배 2도 지나간다
할배 3도 할배 4 할배 5 할배 6 할배 7 할배 8이 걸어간다
은행잎을 밟고서 아가씨 1이 지나간다 아가씨 2도 지나간다
아가씨 3도 아가씨 4 아가씨 5 아가씨 6 아가씨 7 아가씨 8이
걸어간다

은행잎을 밟고서 아저씨 1이 지나간다 아저씨 2도 지나간다
아저씨 3도 아저씨 4 아저씨 5 아저씨 6 아저씨 7 아저씨 8이
걸어간다
은행잎을 밟고서 소녀 1이 지나간다 소녀 2도 지나간다
소녀 3도 소녀 4 소녀 5 소녀 6 소녀 7 소녀 8이 걸어간다

은행잎을 밟고서 소년 1이 지나간다 소년 2도 지나간다
소년 3도 소년 4 소년 5 소년 6 소년 7 소년 8이 걸어간다
할매 1에서 할매 8까지 거리를 지나간 시간은 10여분 걸렸다
할배 1에서 할배 8까지 거리를 지나간 시간도 10여분 정도였다

아가씨 1에서 아가씨 8까지 거리를 지나간 시간은 40여분 걸렸다
아저씨 1에서 아저씨 8까지 거리를 지나간 시간은 30여분 정도였다
소녀 1에서 소녀 8까지 거리를 지나간 시간은 60여분 걸렸다

소년 1에서 소년 8까지 거리를 지나간 시간도 60여분 정도였다

카페에서 우두두 우수수수 바람에 떨어져 후루루 흩어지는 낙엽에
눈을 맞추다 보면
이 거리는 누군지 알 수 없는 할매와 할배들만 다니는 것 같다
소녀 1에서 소녀 8까지 이 길을 지나간 시간을 재나가다
소년 1에서 소년 8까지 길을 걸어간 시간을 손목시계 분침을
실시간으로 들여다 보면서

거리에 떨어져 흩어진 은행잎 수는 몇 개일까 2468개 4936개
9872개 19744개
39488개 78976개 157952개 315904개 631808개 1263616개
2527232개 5054464개
10108928개 20217856개 40435712개 80871424개 161742848개
323485696개
하나 둘 넷 여섯 여덟에서 수를 세다 헤아릴 수 없을 정도로 수를
세어나가다
처음 바닥에 은행잎은 1센티미터 아니 2센티미터 3센티미터쯤
쌓이더니
은행잎 노란 샛노란 은행잎들이 바람에 후르르 후르르 항망하게
날아다닌다

문득 이 거리는 노인들만 다니는 것 같다는 생각을 지울 수 없다
갓난아이를 안고 다니는 아이 엄마도 네다섯 살 어린아이도 보기
힘들게 됐고

낙엽 아래서 까르르 웃어대던 아이들 소리도 들을 수 없는 거리란
느낌에 참담했다

흰긴수염고래를 불렀다

눈을 감았다 북극고래를 그렸다

11초 뒤 12초 뒤 13초 뒤 14초 뒤 15초가 지나갔다

눈을 감았다 흰긴수염고래를 그렸다

16초 뒤 17초 뒤 18초 뒤 19초 뒤 20초 뒤

눈을 감았다 혹등고래를 그렸다

21초 뒤 22초 뒤 23초 뒤 24초 뒤 25초가 빗나갔다

눈을 감았다 쇠고래를 그렸다

26초 뒤 27초 뒤 28초 뒤 29초 뒤 30초 뒤

눈을 감았다 향유고래를 그렸다

31초 뒤 32초 뒤 33초 뒤 34초 뒤 35초가 흘러갔다

눈을 감았다 정어리고래를 그렸다

46초 뒤 47초 뒤 48초 뒤 49초 뒤 50초 뒤

드넓은 바다를 향해 유유히 헤엄치는

그것들을 바라봤다고 쓴 뒤 문장을 끊었다

문장과 문장 사이에서 외롭다는 말 불쑥 튀어올라와

50초 49초 48초 47초 46초를 불러들여 정어리고래

35초 34초 33초 32초 31초를 불러들여 향유고래

30초 29초 28초 27초 26초를 불러들여 쇠고래

25초 24초 23초 22초 21초를 불러들여 혹등고래

20초 19초 18초 17초 16초를 불러들여 흰긴수염고래

15초 14초 13초 12초 11초를 불러들여 북극고래

시간과 분 초를 쉼없이 세면서

11, 12, 13, 14, 15, 116마리 고래들을 끌어안고서

길면 길고 짧으면 짧다고 느껴져

분초를 다투는 시간들이었지만

내 안에서 나는 그것들을 깊이 받아들여 허락하겠다고
고래와 고래 그리고 또 고래 이름들을 계속해서 부른 뒤
어느 깊은 바다인지 모르지만
고래들을 먼 바다에서 끌어안은 채
쿠르르 쿠르르르 긴 숨을 내쉬며 마지막 문장으로
대양에서 고래들이 서로 어울려 움직이는 모습을 볼 수 있다면
이런저런 일들을 할 수 있을 것 같다고
고래들을 위해 침묵하지 않고
앞에 서서 나설 일이 생긴다면 피하지 않고
과감하게 나서겠다면서 마침표를 찍었다

이중적인 단호함

동쪽으로 들어가게 되면 동쪽에서 빠져나올 수 없다
서쪽으로 들어가세 되면 서쪽에시 흘리들 수가 없다
남쪽으로 들어가게 되면 남쪽에서 빠져나올 수 없다
북쪽으로 들어가게 되면 북쪽에서 흘러들 수가 없다
들어가게 되면 동쪽에서 빠져나올 수 없는 까닭에 먹먹
진입하게 되면 서쪽에서 흘러들 수 없는 까닭에 멍멍
들어가게 되면 남쪽에서 빠져나올 수 없는 까닭에 막막
진입하게 되면 북쪽에서 흘러들 수 없는 까닭에 밍밍
그냥 생각없이 바로 들어가게 되면 이내 나올 수가 없다
아니 그곳에서 나올 수 없는 것이 아닌 안 나가겠다고
동서남북을 비울 수 없는 연유로 그렇게 하겠다고 한다
알 것 같지만 전혀 모르겠다는 말 사이에서 안 나간다고
뒤죽박죽인 동쪽과 서쪽 남쪽과 먼 먼 북쪽 사이에서
물음표를 던질 이유도 없이 단호하게 의사표현을 했다

꼬리표

인간관계 꼬리표를 11116미터 앞 사거리까지
질 질 질 질 질 끌고 가던 걸 내려놓고

그 자리에서 마침표를 찍으려다 다시 되살려
뚜벅뚜벅 사거리를 지나 오거리까지 걸어가서

그 부근 작은 골목길로 느릿느릿 들어서서
11888미터 뒤에서 주머니칼을 꺼내 툭 끊었다

골목길에는 이런 사람과 저런 사람들이 보였지만
그들과 관계없다는 표정으로 잘랐다

갈증에 냉수 한잔 마시듯 삶에 붙어서 징징거리는
레테르는 무심하게 잘라야 한다 툭 툭 툭

관계에 일순간 고통이 다가온다고 해도 끊어야 할 때는
냉정하게 잘라내야만 한다

영양 연대기

암벽에 유리조각으로 임팔라영양을 새기다
임팔라영양인지 일런드영양인지

토피영양인지 구별이 안 돼

임팔라영양을 불렀더니 일런드영양이 튀어나오고
토피영양을 불렀더니

임팔라영양 뿔이 튀어나온 까닭에

임팔라영양과 일런드영양 토피영양을 동시에 새겼다
비슷한 생김새로 인해 변별력이 생기지 않아

나름 애를 태우며 유리조각을 갈고 또 갈아
임팔라영양과 일런드영양 토피영양을 차례대로 새겼다

영양들은 오랜 시간을 견뎠던 것 같다
거대한 바위 벽에서 세상 밖으로 나오기 위해

鬱火

시야를 부옇게 가리는
봄보다 먼저 온 황사로 인해

춘풍은 슬그머니 제 자리를 내준 뒤
어디로 사라진 걸까

사람들은 모두 목련이 피었다고
창밖으로 나와 종종거렸지만

시끄럽고 더러운 바람소리만
귓가를 맴돌 뿐이다

3월은 언제 왔는지도 모른 채
언젠가부터 빠르게 쇠했다

시들한 밤

연필심으로 내 왼쪽 귀를 찌르려다
갑자기 시들해 그만두었다

등장인물

흰눈을 밟고 걷다 까만 눈동자 속으로 들어가
그녀 눈알 앞에서 새하얀 눈이 된 순간
눈이 내 앞으로 다가와 봄처녀나비가 됐다

꽃을 밟고 걷다 꽃잎속으로 들어가
부드럽게 흘러내리는 빗물 앞에서 매화꽃이 된 그 즉시
흐느적거리던 꽃은 내 안에서 열두점박이하늘소가 됐다

냇가에서 징검돌을 밟고 텀벙거리다
넓적한 돌멩이 몇 개를 치우려다 길쭘한 돌이 된 찰나
돌이 내 앞에서 살랑거리다 시골실잠자리가 됐다

새벽에 왼쪽 귀를 면봉으로 이리저리 후벼파다
귀를 바꿔서 오른쪽 귀지를 파내다 보니

봄처녀나비가 팔랑팔랑 내 귓속에서 팔랑거린다
열두점박이하늘소도 귓속에서 웅웅웅우우웅
시골실잠자리는 귓속에서 잉잉이이이잉 이잉 잉

한순간도 답답하지 않은 나직한 수런거림은 이런 걸까
귓속에서 우우우웅 이잉이이잉 팔랑거리는 소리는
어느 순간 내 앞에서 청록색 줄무늬로 아른거린다
그들 모두 날개를 달고 마구 날아다니고 있다

怪疾

어느 날 갑자기 그가 세상을 떠났다
장례식장에서 화장장으로 바로 갈 수도 없었다

요즘 怪疾로 인해 급작스런 죽음을 맞는 사람이 많은 까닭에
화장할 자리가 나오지 않아서 기다려야만 한단다

장례식장 시신 안치실에서 며칠을 더 기다렸다
보통 3일장인데 6일장 또는 7일장으로 견뎌야만 한다

먼 곳에서는 러시아와 우크라이나간 전쟁으로 인해
죄 없는 어린이들과 민간인들이 마구 죽어나간다

총알이 날아가고 대포알과 미사일이 사방에서 터지고 있다
도심 그 어느 곳도 안전한 곳이 없을 정도로 無差別的이다

閃光과 함께 쾅 쾅 쾅 쾅 그 누구도 원하지 않는 전쟁으로 인해
두 나라 젊은 병사들은 자신이 죽는 줄도 모른 채 죽어나간다

이곳에서는 바이러스로 인해 하루에도 수백 명씩 사람들이
또 다른 한쪽에서는 서로를 극단적으로 증오하며 마구 죽이고 있다

언제 끝날 것인가 우리 모두를 괴롭히는 괴질과 이 전쟁은
미성년이든 성년이든 남자 혹은 여자 이미 죽어 이 땅을 떠난
이들도

살육과 괴질이 멈추게 될 그 날이 빠르게 오기를 바랄 것이다
지금 이 자리에서 서로를 바라보고 선

너와 나 또한 그런 마음은 다르지 않을 것이라고 생각한다
물론 불온한 생각을 갖고 있는 인간도 없진 않겠지만

예지력

어두운 목구멍에 시퍼런 칼을 닮은 혓바닥이 버려졌다
심각한 꿈이었을까

연혁

주렁주렁 매달린 갓 떼어낸 포도송이
한 알 한 알 입에 넣고 과육을 씹었던
어릴 때 외할머니 무릎에 누워 꾼
아득한 그 꿈을 다시 또 꾸게 된 것이다
담장 아래 미동도 하지 않은 채
50여 년이 훅 지나간 뒤에도
여전히 나는 꿈속에서 헤맨다
벗어날 생각이 없었던 건 아닌지
나름 여러 생각들을 정리하다
또다시 시간을 흘려보낸 것 같다

슬픈 노동

1년 365일 월화수목금금금금
10년 365일 월화수목금금금금
20년 365일 월화수목금금금금
30년 365일 월화수목금금금금
월화수목금금금월화수목금금금
월화수목금금금금금금금금금금금
현재진행형

17세

내 나이 17세 때는 삶이 지루하다고
어느 날 수족관 속 헤엄치는
물고기 눈알을 들여다보며 생이 슬펐다
새처럼 낙하하고 나비처럼 떨어지고
잠자리와 참매미처럼 하강하는
이따금 오후 2시에서 5시 사이
우두두 흩어지는 햇빛을 온몸에 받아들이며
자연은 그것들을 소유하는 방식이
전부이거나 아니라는 느낌에
온몸이 그저 빠짝 말라서 비틀어질 것 같아
건조한 감정에 한없이 빠져들게 돼
울음도 나오지 않는 현실이 너무 참혹해
말할 수 없이 슬펐다 17세 나이 땐

끽

오후 1시였는지 아니 2시 아니 3시쯤에 청실잠자리가 죽었다
오후 4시였는지 아니 5시 아니 6시쯤 갈구리나비도
오전 4시였는지 아니 5시 아니 6시쯤에 자실잠자리가 죽었다
오후 6시였는지 아니 8시 아니 9시쯤 왕팔랑나비도
오후 10시였는지 아니 11시 아니 12시쯤 삼하늘소가 죽었다
그의 상상이었을까 오전 시간에 죽었다 오후 시간에도 이어서
청실잠자리 갈구리나비 자실잠자리 왕팔랑나비가 죽어나간다
그는 손에 새총을 쥐고 있었지만 그것들을 죽일 마음이 없었다
그러나 그 마음과 전혀 관계없이 나비와 잠자리 삼하늘소는
오후 1시였는지 아니 2시 아니 3시쯤에 명을 다해서 추락했다
오전 4시였는지 아니 5시 아니 6시쯤에 수명을 다해서 끽이다

코인 붕괴

최 씨는 지인에게 돈을 꿔서 사용할 수도 없는
여러 종류의 코인을 구입했다
무슨 이유로 쓸 수 없는 화폐를 구매한 걸까
그들은 가격이 마구 오르기 때문이라고 한다
그러나 다수의 사람들은 많은 손실을 입었다고 한다
1억을 투자해 9000만원을 잃었다는 소리도 들었다
그럼 가상화폐로 돈을 번 이들은 누구인가
코인으로 인해 돈을 많이 번 사람들은
후문이지만 중개업체와 수수료를 챙긴 이들만
갈고리로 긁어모으듯 떼돈을 벌었다고 한다
그들 무리는 이 시대 봉이 김선달인 걸까
일하지 않고 쉽게 돈을 벌겠다는 탐욕스런 사람들에게
그것은 또 다른 가르침을 주는 것 같아
입맛이 씁쓸해지며 가슴이 답답함을 느꼈다
뉴스엔 연일 투매로 인한 가격하락 기사가 뜬다
삼성전자는 10만 전자 간다더니 5만전자로
다시 3만전자까지 간다는 폭락 뉴스도 들린다

환한 햇빛을 쥐고 와

네가 누워 쉴 자리는 어디에
하늘하늘거리는 잠자리 날개 닮은
천국을 들고 오세요
네가 가게 될 하늘나라는 어느 곳에
햇빛을 쥐고 와 환한 햇빛은 어디에
공기를 들고 오세요
신선한 공기는 어디에 있는데요
이곳에도 있고 저곳에도 있는 것이
당신 눈에는 보이지 않는 건가요
실체를 확인하고 싶다면
인연이 닿는 곳에 멈춰서서
기다리고 있는 그것들을 향해
너는 빠르게 가야만 하지 않을까
노 노 노 오 오 오 노라고 말하지 말고
네 흔적을 찾고 싶다면
어떻게 찾아가야 할까
궁리하다 보면 반드시 길이 보일 거야
답은 정해진 게 아닌
내 인에서 찾는 게 아닐까 싶다
주변을 맴돌게 될지라도

24시간 음 24시간을 더한 으음 24시간

24시간 뒤에서 서성이던 초록 문 앞에서 몇 마리 딱따구리가
무언가를 쪼아댄다
그 새 앞으로 다가가 새들에게 재재거리던 순간을 고백하고
싶었지만

아무 말도 그 어떤 말도 하지 못하고 꾸물거리다 새들은 111마리
새들은
네가 알 수 없는 곳으로 무심하게 푸드득 날아가 버렸다

전혀 기억할 일이 없는 사소한 일이라고 주변인들은 두서없이 네게
말할지 모르지만
그도 저 새처럼 무언가를 쪼아대고 싶다며 둥근 나뭇잎이라도 쪼고
싶다고

파란 문을 밀고 옆으로 다가가 오목눈이처럼 벌레를 쪼아댈 수
없다면
나뭇잎이라도 아니면 새가 날아간 새파란 하늘이라도 마구 쪼아서
구멍을 내고 싶다고

그건 기억할 가치가 없는 시간늘이라고 곁에 있는 이들이 두서없이
말할 때면
무성한 나뭇잎에 혓바닥을 들이밀고 진녹색 그 잎잎잎들이라도
마구 쪼고 싶다면서

조록 문을 열고 밖으로 나갔나 나시 들어와 파랑색 꽃과 노랑색

꽃잎 위 앉아
　꽃잎에 콧구멍을 들이대고 파랑 냄새와 노랑 냄새를 흠흠 흠 흠
냄새에 빠져본다

　기억할 일이 없는 시간과 기억해야만 할 몇 마리 오색딱다구리와
주변인들과 파란 문 앞에서
　기억할 가치가 없는 추억을 밀어둔 뒤 파랑색 꽃과 노랑색 꽃을
가볍게 지나쳐서

　어느 순간 몇 마리 새들과 홀로 서서 온갖 새들과 사람들을
끌어들이던 느티나무 앞에서
　그가 다가오는 것이 느껴져 하나 둘 셋 넷 다섯 여섯 일곱
손가락으로 수를 세어나가며

　탁한 하늘을 바라보다 그 하늘을 스쳐간 24시간 음 24시간을 더한
으음 24시간이 더 더해진
　시공간을 가늠하면서 다시 손가락으로 일곱 여섯 다섯 넷 셋 둘
하나를 거꾸로 세다가

　땅바닥을 내려다보며 하늘을 올려다보기도 하면서 이런저런 시간에
담긴 사연들을
　무조건 모두 다 끌어안기로 했다 배가 고파 허기가 엄습할 땐
손가락을 아니 말린 오징어라도

　흰머리카락 음 노랑 머리카락 가리지 않고 검정 머리카락을 마구

씹으면서

연초록색에서 진초록으로 가는 길 위에서 파랑꽃 노랑꽃과 떠나간 까막딱다구리를 불러들여

갸르릉 갸릉 갸르르릉 거리면서 이빨을 드러내던 검정 고양이를 지나

세상사 아무것도 모르는 소년처럼 24시간 중 일부를 바닥에 찔끔 흘리면서 길을 걸어간다

딱따구리는 이곳에서 보이지 않고 새가 우는 울음소리만 귀에 들린다면서

달동네

빨랫골에 달이 떴다 오래전 장맛비가 내릴 때면
온 동네에 물이 흘러넘쳤던 곳
지금은 복개천이 되어 빗물 넘칠 일이 없는
그 부근에 지은 삼성연립 하늘 위 둥근 달이 떴다
1개의 달이다 12개 달이다 13개 달이다 14개 달이다
2개의 달이다 22개 달이다 23개 달이다 255개 달이 떴다
111개 달이다 222개 달이다 223개 달이다 2555개 달이다
어느 순간 네 가슴과 내 가슴속에는
셀 수도 없을 정도로 무수한 노란 달과 파란 달이 떴다
네 가슴과 내 가슴속에는
불그스름한 달과 연초록 빛 달이 두둥실 떴다
눈썹달이었다 반달이었다
쟁반같이 둥근 달이 빛을 발한다
긴 장마로 인해 많은 비가 쏟아져 내려도
이제 무너미는 물이 흘러 갑자기 넘칠 일이 없다
오늘은 보름달이 희푸르게 휘황하다
너와 나 우리들 가슴속에서 지워지지 않는
노란 달인지 파란 달인지 붉은빛을 발하는 달이다
저 달은 지우려고 해도 도저히 지울 수가 없디
동네사람들 기억 속에서

절박한 삶

L은 싸워야 한다 너 자신을 위해서 반드시 싸워야만 한다
H는 싸워야 한다 너 자신을 위해서 반드시 싸워야만 한다
L 뒤에 서 있는 H와 싸워야 한다 자신을 위해 싸워야 돼
H도 옆에 서 있는 L과 싸워야 한다 자신을 위해 싸워나간다
T는 싸워야 한다 너 자신을 위해서 반드시 싸워야만 한다
Q는 싸워야 한다 너 자신을 위해서 반드시 싸워야만 한다
T 뒤에 서 있는 Q와 싸워야만 한다 자신을 위해 싸워야 해
Q도 옆에 서 있는 T와 싸워야 한다 자신을 위해 싸워나간다
Y는 싸워야 한다 너 자신을 위해서 반드시 싸워야만 한다
D는 싸워야 한다 너 자신을 위해서 반드시 싸워야만 한다
Y 뒤에 서 있는 D와 싸워야만 한다 자신을 위해 싸워야 해
D도 옆에 서 있는 Y와 싸워야만 한다 자신을 위해 싸워나간다
옆에 서 있는 뒤에 선 그 모든 것들과 싸워 이겨야만 한다
문을 나서게 되면 보이는 것과 보이지 않는 것들과도 싸워서
혼자 있어도 외롭다는 생각이 들 틈도 없이 살아남아야만 한다

과월호

방바닥에 앉아 思想界를 읽는다

잡지를 읽어나가며

뜨거운 물을 끓여 홍차를 마신다

입안에서 감도는 향은
지친 몸과 마음을 달래주는 것 같다

지나간 잡지엔 시간을 곱씹게 하는
묘한 마력이 있다

쉬

아소카대왕을 불러내 시를 쓴다 쉬를 썼다 시를 쓰려고 한다
환희를 불러내서 시를 쓴다 쉬를 썼다 시를 순식간에 쓴다
실패하지 않는 시를 쓴다 밍크고래를 불러내 쉼을 쓰고 있다
토마토를 씹으면서 시를 쓴다 고니를 불러내 쉬를 쓰고 있다
전화벨이 울린다 울리는 전화벨을 불러내서 쉼을 쓰고 있다
북극고래를 불러내 시를 쓰려고 한다 쉬를 불러내고 있었다
이른 오후에 벌판을 불러내 쉼을 쓰려고 했다 다리를 긁으며
시를 쓴다 중얼거리듯 석가모니를 흠모하며 쉬를 쓰고 있다
결혼식장에서 와인을 앞에 놓고 시를 쓴다 쉼을 쓰려고 한다
무엇인지 움직이지 않는 그림자를 바라보면서 쉬를 쓰고 있다
허물어진 담장을 담은 먼 과거 시간 앞에서 쉼을 쓰려고 한다
시를 썼다 재인폭포를 시로 썼다 공허한 시를 쓰려다 말았다
시를 쓴다 쉬를 쓰고 있다 완성될 일이 없는 시를 늘 쓰고 있다
쉼을 쓰려다 말고 쉬 쉬 쉬 하면서 쉼없이 몰려드는 시를 쓴다

4부

불확실한 야생에서

10일 전엔 치타가 나무에 긁어 놓은 발톱 자국을 응망하다
갑자기 치타와 함께 초원을 뛰고 싶었다
11일 전에는 천천히 걷는
아프리카물소를 바라보며 하염없이 기뻤다
12일 전에는 북극곰이 차가운 빙판 위에서
일각돌고래를 잡으려다 놓친 모습을 본 뒤에는
그 어떤 말도 나오지 않았다
14일 전에는 깊은 바닷속을 헤엄치는 대왕오징어를
거실에서 텔레비전을 통해 주시하며
근원을 알 수 없는 외로움이 몰려와 슬펐다
15일 전엔 기린이 나무 위 열매를 따 먹는 모습을 보고
격하게 다가오는 희열을 주체할 수 없었다
16일 전에는 톰슨가젤을 바라보며 매우 기뻤다
17일 전에는 흑멧돼지가
우다닥 뛰는 모습에 웃음을 참을 수 없었다
18일 전에는 늙은 가젤을 바라보며 외로움에 몸을 떨었다
19일 전에도 판별할 수 없는 고독에
그 실체를 알 수 없어 괴로웠다
뜨거운 기쁨이 숨 가쁘게 하늘을 채우고
서늘한 외로움이 굼뜨게 초원을 채우는
여전히 미래는 불확실하지만
기쁨과 외로움 또한 느리게 또는 빠르게 다가왔다
저기 저 흙먼지를 날리며 마구 달려오다
어느 순간 멈춰선 치타처럼
이곳 이 땅에서는 모든 삶에서 자유가 느껴졌다

침팬지

초록 물레바퀴가 돌아가는 것처럼 침팬지 1마리 3마리 4마리
나무 위에서 나무로 나뭇가지에서 다른 가지 사이로
암컷침팬지 1마리 4마리 5마리가 피겨 스케이팅 선수처럼
빙판 위에서 3번 4번 5번씩 몸을 핑그르르 돌리는 것과 같이
나무 위에서 나무로 나뭇가지 사이에서 다른 가지 사이
새끼침팬지 4마리 5마리 7마리 8마리 9마리 10마리가
나무 위에서 나무로 나뭇가지 사이에서 다른 가지 사이로
휙 휙 날래게 오르내린다 무언가를 배달하기 위해 오르내리는
택배기사처럼 바지런하게 움직인다 매우 빠르게 움직인다
수컷침팬지는 나무 아래에서 커다란 나뭇가지를 쥐고 휘두른다
옆에 서 있는 침팬지 무리를 향해 큰소리로 꽥꽥거리기도 하며
나뭇가지를 마구 부러뜨리고 또는 돌멩이를 주워서 냅다 던진다
으뜸 수컷은 그런 식으로 자신을 과시하려는 몸동작을 보이곤 한다
그러다 웃는 듯한 표정과 목으로 으으 음 소리를 내는 건 뭘까
밀림에서 침팬지와 가깝게 지낸 제인 구달에게 물어봐야만 할 것 같다
그러나 그녀와 소통할 수 있는 방법이 마땅치 않아 매우 답답했다

한계상황

황색 고양인 7층에서 검정 고양이 3층 백색 고양이는 11층
3마리 고양이들은 각기 자신이 서 있는 자리에서 기다린다
7층에서 11층을 향해서도 11층에서 7층으로 내려가지 않고
순간 7층에서 15층과 14층 13층으로 오르내리지도 않고
제자리에서 말없이 서로 소통을 거부하면서 살아가고 있다
그러다 검정 고양이가 운다 백색 고양이와 황색 고양이도
서로 다른 목소리로 운다 가슴이 찢어지는 걸까 그렇게 운다
이 순간 그 울음소리들을 끝내고 싶다 입을 틀어막아서라도
그럼에도 저 북쪽에서 바람이 씽씽 씽 불듯이 그것들은 운다
그럴 때면 마구 토할 것 같은 심정으로 담배 몇 개비를 핀다
언제 어디서 나타날지 모르는 몇 마리 고양이들을 주시하다
접시에 담아놓은 땅콩을 안주로 캔맥주 몇 개를 마시다 보면
또 고양이가 운다 황색 고양이에 이어서 백색 고양이도 따라서
뭔가를 심하게 긁어대다 서로를 격하게 할퀴면서 괴이하게 운다

희열감

지나갔다 조금 전 아니 사나흘 전 아니 몇 년 아니 수십 년 전에
지나갔다고 생각했다 섬을 끼고 사라진 돌고래 무리처럼

조금 전 아니 사나흘 전 아니 몇 년 아니 수십 년 전에 지나갔다고
생각한 그 모든 것들이

되돌아오고 있다 지나갔다고 여겼지만 결코 지나가지 않은
시간들이
카세트 테잎에 내장된 되감기 기능처럼

꽥 꽥거리며 울어대던 돌고래 떼처럼

조금 전 아니 사나흘 전 아니 몇 년 아니 수십 년 전에 지나갔다고
생각한 그 모든 시간들이 되살아나

가슴이 쿵쿵 쿵 희열감을 느끼게 한다 몸이 하늘로 두둥실 떠오를
것 같은 순간
어린 시절 아니 그보다 더 먼 과거로부터 다가온 일들이

눈덩이처럼 불어나 구르고 있다 억누를 수 없는 기쁨이라고 해도
누가 알랴 그 누가 알겠는가 까칠한 고양이 수염 아닌 뽀삐 등을
쓰다듬으면서

지나갔다고 생각한 일들이 시속 150킬로 미터 KTX처럼 달려오는
것을

토요일 저녁

어둠이 몰려온다 시커먼 먹구름 빗소리와 함께 오고 있다
프랑스 대사관 앞에서 영국 대사관과 캐나다 대사관을 지나
3마리 까마귀 날아간다 11마리 박새가 날아간다 비둘기도
비에 젖은 날개를 툭 툭 툭 털면서 전깃줄 또는 3층 건물로
그러다 머리통이 차에 부딪혀 으깨진 몇 마리 새들을 봤다
A와 D도 젖었다 S와 L도 M과 Y도 O와 P도 젖어들고 있다
그런데 내리는 비 그 소리와 관계없이 헬리콥터 몇 대가 난다
까마귀 몇 마리가 까악 까 까 깍 날아간 하늘로 우다다다다
날아간다 내리는 비 그 빗소리를 완전히 굴복시키려는 것처럼
급한 임무가 있는 걸까 별다른 생각도 없이 그냥 날아가는 건지
A와 D는 고대 앞에서 S와 L은 신설동역에서 M과 Y는 동대문
O와 P는 종로 5가에서 버스에서 내린 뒤 을지로를 향해 걷는다
어딘가를 향해 갈 곳이 정해진 그들이 하나 둘 버스에서 내린 뒤
갈 곳이 없는 갈 곳을 정하지 못한 K도 광화문 교보 앞에서 하차
갈 곳은 없지만 엘베강과 마르세 광장을 떠올리며 무작정 걷는다
누구인지는 모르겠지만 따뜻한 온기가 전해지는 손을 잡았으면
참 좋겠다는 그런 생각이 잠깐 들었지만 여러가지 사념들을 지우며
손을 잡지 못한 채 온몸이 천천히 젖어들 때까지 비를 피하지 않고
그 어떤 생각도 머릿속으로 들어오지 못하게끔 잰걸음으로 간다

다운로드

거품은 다리가 없다 그런 연유로 걷지 못한다
눈빛은 다리가 없다 그런 까닭에 걷지 못한다
향기는 다리가 없다 그런 연유로 걷지 못한다
계단은 다리가 없다 그런 까닭에 걷지 못한다
꽃잎은 다리가 없다 그런 연유로 걷지 못한다
복도는 다리가 없다 그런 까닭에 걷지 못한다
연못은 다리가 없다 그런 연유로 걷지 못한다
창문은 다리가 없다 그런 까닭에 걷지 못한다
바람은 다리가 없다 그런 연유로 걷지 못한다
그러다 거품과 눈빛은 향기는 계단과 꽃잎은
복도는 시집과 창문은 바람이 없어 걷지 못해
그것들이 서로를 향해 격렬하게 부딪힐 날들은
없다와 연유 까닭과 걷지 못한다 사이에 있다
그러다 또다시 다리는 없다고 쓰게 될 시간에
그것들은 걷지 못해 못한다 걸을 수가 없었다
그런 까닭에 사물들에게 날개를 달아서 허공을
날아오르게 한다면 어떨까 아주 잠깐 궁리했다

114

888시간마다 88하게 말한다

1초마다 1분마다 1시간마다 11시간마다 말하고 싶다
2초마다 2분마다 2시간마다 22시간마다 말하고 싶었다
3초마다 3분마다 3시간마다 33시간마다 말하고 싶다
5초마다 5분마다 5시간마다 55시간마다 말하고 싶었다
7초마다 7분마다 7시간마다 77시간마다 말하고 싶다
8초마다 8분마다 8시간마다 88시간마다 말하고 싶었다
11초마다 11분마다 11시간마다 111시간마다 말한다
22초마다 22분마다 22시간마다 222시간마다 말한다
33초마다 33분마다 33시간마다 333시간마다 말한다
77초마다 77분마다 77시간마다 777시간마다 말한다
88초마다 88분마다 88시간마다 888시간마다 말한다
진리는 없다 진리는 없다 진리는 없다고 말들을 한다
1초마다 1분마다 1시간마다 111시간마다 말을 한다
23456789112233445566778823456789112233445에
한순간도 쉬지 않고 말을 건넨다 말이 참 너무나 많은
그들에게 속지 말라 말이 많은 것들은 참이 없다고
말을 마구 내뱉는 이들 말은 신뢰할 수 없다 그렇다

三苦

高物價
高換率
高油價

위 3가지 이유로 인해
세상은 시끄럽고
삶이 고달프다

생각하기 나름이긴 하다
그럼에도 여전히

현실은 쉽지 않다

그물망

농구를 하다
농구선수 손목이 골망으로 빨려 들어갔다

축구를 하다 축구선수
오른쪽 3번째 발가락이 골대 그물망 안에 꽂혔다

배구를 하다
배구 선수 어깨가 코트 아래로 던져졌다

그리곤 농구장과 축구장에선
모르는 척 아무런 일도 일어나지 않은 것처럼

배구장에서도 그랬다 고요한 날이다
관중석에 앉아

나만 무언가를 본 걸까

是是非非

고양이 발바닥을 닮은 것도 같고
저 비는 苗苗苗 백색 털을 닮았다
빗줄기를 핥아먹는 눈알이 파란 苗는
비가 올 때면 처마 앞에서 아응 아으응
봄날에 벚꽃잎 우수수 흩어질 무렵
꽃잎 흩날릴 때면 봄비인 줄 알고
혓바닥으로 허공을 핥아대며 운다
가끔은 꽃잎인지 빗방울인지
是是非非를 전혀 가릴 생각도 없이

벙어리 장갑

한 번도 오르지 못한 곳을 향해 오를 것처럼
눈은 콧구멍 속으로 들어오고 목덜미 속으로 파고들고

비는 자신도 모르게 눈으로 들어오고
귓구멍 속으로 흘러들고 머리카락 속으로 스며든다

비는 꿰찌를 것처럼 신발 속으로도 들이치고
양말 속으로도 배어들어 발가락이 젖게 만든다

눈과 비는 어릴 때처럼 내게 기쁨을 주지 못했다

아침에 일순간 비가 쏟아져 내린다 비가
마스네 悲歌를 듣지 않으면 죽겠다고 비명을 지를 것처럼 내리다

이내 기온이 급강하 함박눈이 펑 펑 펑 내렸고 또 내린 뒤 그쳤으며

그 눈이 며칠이 지나도록 녹지 않고 쌓였던 까닭에

미끄러운 골목길에서 넘어져 무르팍이 까졌다
그 무렵 비와 눈만으론 내 허기를 달랠 수 없었기에

나는 즐겁지 않았다 내게 즐거운 날들은
어느 겨울날 잃어버린 새하얀 벙어리 장갑처럼 사라진 걸까

저기 저 멀리 떠난 즐거운 시간들을 불러들여서
시벨리우스의 바이올린 협주곡이라도 들어야 할 것 같다.

가벼운 선물

대파를 우적우적 씹어 먹다가 쪽파도 씹어 삼켰다

입안에서 내전이 발생한 걸까 대파와 쪽파가 뒤엉켜

으윽 격하게 향기로운 냄새가 코와 눈을 찔러대

콧물과 눈물이 줄줄 줄 줄줄 흘러내린다
무엇이 그리도 감격스러운 걸까

대파와 쪽파는 나를 울린다
앞으론 생으로 씹어 먹을 것이 아니라

화로에 올려놓고 양미리 굽듯이
아님 프라이팬 위 올려놓고 구워 먹어야 할 것 같다

눈물을 흘릴 일은 없고
아삭 달달한 맛만을 느낄 수 있게끔

어떤 불안감

늦가을 지나 초겨울이다
나무 앞에 서서 잎이 하나도 남지 않은 나무에게 묻는다

문장을 다 태워버린 작가 앞에 서서 문장이 하나도 남지 않은
작가에게도

바퀴 앞에 서서 바퀴가 하나도 남지 않은 자동차에게 묻는다
벌레 앞에 서서 풀잎이 하나도 남지 않은 풀벌레에게까지

그것들 앞에 서게 되면 늦가을은 공허인가? 초겨울은 바다인가?
나무는 푸르름인가? 문장은? 작가는 고뇌 중인가? 자동차는?
풀벌레는?

다시 봄이다 계절은 돌고 돌아서 나무와 작가 자동차와 풀벌레에게
묻는다
그 어떤 식으로든 돌다 보면 남는 건 없고 모두 다 사라진 뒤

영영 사라진 것 같지만 우습게도 그것들은 어느 순간 되돌아 온다고
한다.

커밍 아웃

새장 속 새가 어느 날 사라졌다 나는 침대에서 뒤척였다
소파에 앉아 졸던 고양이가 사라졌다 잠이 오지 않았다
정원에 서 있던 동백나무가 사라졌다 우울감이 밀려들었다
어항 속 금붕어가 어느 날 사라졌다 어디서 방황하는 걸까
새는 옷장 속에 숨은 걸까 아니면 뒤울안 큰항아리 안에
고양이는 아파트 지하에 숨은 걸까 아님 도심 하수구 속
동백나무는 남해안 어딘가로 몸을 피한 걸까 알 수 없다
혹여 그것들이 냄비 속에 들어가 나오지 않고 있는 걸까
라면과 칼국수를 끓이려다 말고 뚜껑을 열어 확인해 봤지만
이것들이 벌인 문제는 누구도 그 누구도 모르게 벌인 은밀성
그 행동으로 인해 늦도록 잠이 오지 않아 잠자리에 들 수 없다
그것들이 번갈아 나를 툭 툭 때린다 쉼 없이 후려치는 것 같다
어금니가 아파 치과를 찾았을 때처럼 잇몸이 욱신욱신거린다

쿵

무언가
네 이마에 부딪힐 때
무언가 그 무언가
아야, 아야,
비명을 지를 때
네 슬픔을 일 합에 베듯이
그 어떤 것들이
너와 그 안에서
쿵 쿵 쿵 쿵 구를 때
검을 들어 먹구름을 베었다
햇빛과 바람이 안온하게
당산나무 아래로
뒷짐지고 걷듯이
여유롭게 지나갈 수 있게끔

08481652

서재에서
오전 8시 48분에서
16시 52분까지
그 후 어떤 행위도
전혀 하지 않고
깊은 물속에 가라앉은
까만 돌처럼
녹차를 마시며
방바닥에 엎드린
늙은 개와 고양이처럼
사내는 시간을 보냈다
08481652분 이후에도
종일토록

포옹

일요일 안에
토요일은 없다
토요일 안에 세탁소는 없다
금요일 안에 목요일은 없다
목요일 안에
자전거는 없다
수요일 안에 화요일은 없다
화요일 안에 유모차는 없다
월요일 안에
백화점은 없다
골목길 안에 시계추는 없다
달동네에는 그 무엇도 없다
가난한 곳은 다 그렇다
없다 없다고 말하게 된다
누가 말하지 않아도
그곳에 머물다 보면
꿈꾸지 않는 삶이 무엇인지
꿈에 대해 전혀 모르는
삶을 스스로 알아차리게 된다
그런 현실에서도 우리들의 생을 위해
누군가를 포옹할 수 있는
뜨거운 가슴만큼은 지녀야 할 것 같다

朴堤千

오동나무 안에서 나와 구만리 장천을 날아간 大鵬
지상으로 다시는 돌아오지 않을 것처럼
푸르다 깊고 푸르러 경외감으로 다가온
먼 먼 하늘을 향해 끝없이 치솟아 오른다
붕새에게 홀려 눈을 떼지 못한 채 바라보다
문득 고개를 돌리니 시공간을 훌쩍 건너뛰어
서울대학병원 영안실로 문상을 와
갑자기 뵙게 된 老子에게 삶에 대해 여쭸더니
그는 흐르는 물처럼 살면 어떨까 내게 되물으며
上善若水에 대해 곡진하게 말했고
老子와 함께 온 莊子에게도 삶이 무엇인지 다시 물었더니
一受其成形 不亡以待盡이라
주어진 생을 해치지 않고 묵묵히 살아낼 뿐이라고 한다
나 자신이 원하는 명료한 답을 얻지 못한 채 무언가
그 무엇인지 미흡하다고 할까 가슴속이 답답한 상태에서
젊은이들로 붐비는 대학로까지 걸어나와 그 둘과 헤어진 뒤
일평생 무거웠던 몸을 훌훌 벗고 병원을 가뿐히 빠져나온
芳山과 함께 구불구불 동서남북으로 이어진
혜화동 골목 언저리 눅눅한 벤치에 앉아
1개비 2개비 3개비 4개비 5개비 6개비 줄담배를
팔리아멘트와 던힐을 섞어 피우면서 시간 가는 걸 잊었다
그러다 근처 마트에서 맥주와 소주 10여 병을 사 들고 와
소고기 육포 안주에 소맥으로 마시다 보니 뉘엿뉘엿 해가 진다
술잔을 여섯 일곱 몇 잔인지 셀 수 없을 정도로 주고받으며
형님의 人生 卒業을 축하하기 위해 다른 세계에서 찾아주신
老子 莊子와도 함께 하고 싶었지만 자리가 누추했던 까닭에
두 분 眞人을 모셔서 성대한 잔치를 벌이는 건
다음 생으로 미루기로 한다

天上原稿請託書

새벽 2시쯤 잠에서 깨어 일어나 냉수 1잔을 마신 뒤

야상곡을 듣다가 다시 잠에 빠져들었고 꿈결에 埈千 형님과 통화를
했다
시에 관한 이야기였다

그곳 하늘에서도 天界 文藝雜誌 제작을 위해
지상과 천상의 유력한 시인들에게 원고 청탁을 하고 있었다

내게는 이번 가을호 天上特輯에 李白과 杜甫 李賀 랭보 릴케 등과
함께 게재할
신작시 10여 편을 시작메모와 함께 가급적이면 빠르게 보내달라고
했다

긴 대화는 아니었고 평소처럼 짧고 간명하게 말했다
그곳으로 이사한 것이 채 40일도 되지 않아 거처가 확실치
않았으며

지난번 生에서 유튜브 시인만세 코너에 출연해 달라고 부탁한 일을

내 불민함으로 인해 거절 아닌 거절을 했던 기억이 떠올라
이번엔 평소 써놨던 원고를 스윽 훑어본 뒤 지체없이 보냈다

경황이 없어서 천상 이메일 주소를 묻지 못한 까닭에
그가 임시 사무실로 쓰고 있는 방산호텔 8888호로 보내야만 할 것

같아

　하늘길로 이어진 뭉게구름 입구를 본 뒤 산들바람에게 부탁해 시 10편을
　종이비행기에 접어서 하나 둘 셋 넷 다섯 여섯 일곱 열까지 세면서 날렸다

　참 먼저 가신 형수님과는 반갑게 만나셨는지요
　그곳에서는 부디 아프지 마시고 건강하시길 빕니다

　그럼 이만 총총

포도알 엔딩

내가 시를 쓰지 않고 몇 날 며칠 동안 아니. 20일 70일 171일을 쓰지 않으면. 그는 내 앞에 서서 이야기할 일이 없게 된다. 그는 내가 시 속에서 불러내야만. 나와 마주한 채. 그 어떤 말들을 할 수 있다. 내가 그 이름을 부르지 않게 되면. 그는 모든 호흡과 동작을 멈춘 채로. 살아있어도 살았다고 말할 수가 없게 된다. 그와 늘 함께하기 위해 애쓰고 있다. 하지만 생은 내 의지와 관계없는 방향으로. 예기치 못한 시간. 짐작도 할 수 없는 장소에 도착해. 순간 나타났다가 사라지기도 한다. 그럴 때면 무한히 평평하게 뻗어 나간. 대지 위에서 그를 만나 은밀한 밤을 맞는다. 내가 쓰는 시는 영원히 완성될 일이 없다. 그런 연유로 그도 미완성 인물로 남아. 시에서 시를 통해. 누군가를 한없이 기다린다. 시를 통해 누군가와 이별도 자주 한다. 그러다 바닷가 백사장을 천천히 지나친 뒤. 사과밭 앞에 서서 어두운 그늘을 지나쳐. 빛을 향해 걷다 보면. 내가 호명해야만 내 앞에 나타나곤 하던. 그가 나를 부르고 있다. 흰점이랄까 아니 검은 점이랄까. 아니 흰 구멍이랄까. 검정 구멍이라고 표현해야만 할까. 입에 넣고 씹다. 너무 달아서 현실감이 떨어졌던 녹색 포도알처럼. 문득 벽 앞에 선 기분이다. 시를 쓰지 않겠다고. 작심한 채 오는 시를 무작정 밀어내며. 버텼던 81일 83일 188일째다. 나는 끝없이 나 자신을 소모하고 있다. 운명일까?

시집 유쾌한 허무주의자

황충상 소설가와

윤후명 소설가와

오만환 시인과

캄보디아 누사리 화백과

동화작가 송영숙 일본에서 반년간 문예지 「시」 발행인인
나카하라 시인 부부와 필자

필자